月与灯

桑新华 著

中国文史出版社

作者简介

桑新华 笔名叶子青，女，山东泰安肥城人。曾先后从事宣传、文教、卫生、科技、外事侨务以及高校管理工作。山东省政协第九届委员。

中国作家协会会员，中华诗词学会会员，中国摄影家协会会员，中国散文学会会员。中国第七次作家代表大会代表。先后出版散文集《天门听风》《与泰山对视》《发现旅行》《行得春风下秋雨》《山的那边是海》等，出版摄影集《记忆——京鲁明清古民居》《山东野生鸟类》《天下祥鹤》，还出版了插花艺术著作《花间一壶酒》。

《与泰山对视》于2002年获全国首届冰心散文奖；《天门听风》于2002年获得首届齐鲁文学奖；摄影集《山东野生鸟类》获山东省第六届泰山文艺奖摄影类一等奖。

天空没留下翅膀的痕迹，但我已飞过。

——泰戈尔

目　录

卷　首　诗

入梦水云间

枝衔好月来

山静鸟音远

风过花影重

月与灯依旧

卷首诗

七律·拙作散文集再版抒怀

几曾梦笔几生花，纵览文章学大家。
偶得百篇陈往事，且留半卷慰残霞。
从今泽野观鸥鹭，余岁闲庭种豆瓜。
一路风尘尽吟咏，星辰垂影任天涯。

2021 年 2 月

醉蓬莱·秋雁归（通韵）

望萧萧落木，残叶飘摇，枯枝凌乱。

鸟鹊纷迁，念故园将远。

一地秋霜，一河秋雨，更一声秋雁。

如是归兮，光阴不老，云天无限。

日月盈亏，千秋永继，春纵冬蛰，菊开梅散。

老骥雄心，叹韶华消黯。

两袖清风，一身赤胆，愿三生无憾。

暮岁何伤，桑榆瑰丽，清风凭揽。

2014 年 11 月

入梦水云间

七绝·黄昏钓趣

归田且许自由行，碧水轻舟鸥鹭迎。
一树黄昏敛蝉语，几丝垂柳钓蛙声。

2015 年 6 月

七绝·泰山西湖秋色

岱岳西湖柳拂空，半池明月半亭风。

曾经春草连天碧，一夜霜来十里红。

2020 年 10 月 1 日

七绝·夏雨荷塘

雨来切切荷翻浪，云去空空梦了痕。

正喜莲心珠玉满，一池青绿浸黄昏。

2020 年 7 月

七绝·春雨可期（通韵）

去冬无雪尽晴时，春暮甘霖尤可期。

凡事随缘生快意，东风自送好消息。

2010 年 4 月

七绝·秋实（通韵）

细雨空庭胙艋寂，正当浅梦入禅时。

秋风也是人间客，吹尽浮华子满枝。

2017 年 9 月

七绝·月夜读史有感

一轮明月照桐荫，树影迷离草最真。

眼前飘掠浮云客，谁是出尘知史人。

五律·归来吟（通韵）

经年忙碌碌，卸甲乐归闲。

轻抚风中卉，深耕雨后园。

晨邀山水里，夜醉字词间。

鸟语拾残梦，流云送雁还。

2015 年 11 月

五律·惊叹德格印经院

川西奇寺院，卒读费精神。

经卷何其老，灵魂如此纯。

渊源流自远，宇宙叹无垠。

沧海从头阅，人神共探真。

2021 年 8 月

七律·严冬客居抒怀（通韵）

　　1992 年元旦，突然调任，客居他乡，严冬岁尾，雪夜寒风，四顾沉寂……

　　　　冷冷年关客惨凄，沉沉夜色梦支离。

　　　　风狂雪落柳丝舞，灯暗人孤思绪迷。

　　　　往岁峥嵘影浮散，今宵怅惘步停羁。

　　　　释怀一笑何须叹，明日春归好运期。

　　　　　　　　　　　　　　　　1992 年元旦

七律·观巴西伊瓜苏大瀑布

伊瓜苏瀑布乃世界三大瀑布之一，位于巴西南端与阿根廷及乌拉圭三国交界处。它由伊瓜苏河、巴拉那河以及三十多条河流汇成，宽四千余米，湍急处呈弯月形状，瀑布落差近八十米，气势磅礴，瀑下雷鸣，水飞如烟，长虹横空。我于 2002 年 1 月 20 号，有幸目睹了这般超俗神圣的景象。

天开一堑月弯成，吐纳波涛似沸鸣。
岸上雨飞虹带挂，水中龙跃碧崖倾。
三邻敦睦祥和地，万马奔腾喊杀声。
只道风光此间好，谁知回首魄犹惊。

2002 年 1 月 20 日

七律·泰山西湖抒怀（通韵）

岱西千古水一瓯，片片蒹葭缕缕秋。

寒雨沉烟清澈色，金风绘画太平楼。

黄花招引蝶蜂恋，白露偎来菡萏羞。

湖岳相依多少梦，回眸细浪映山柔。

2020 年 10 月 2 日

附：诗友云山散人步和之作

七律·步和新华先生《泰山西湖抒怀》（通韵）

谁倾湖水奉金瓯，岱下重来一度秋。

知是伊人居此处，休将寒气入高楼。

识君已自惭学浅，和作依然落笔羞。

拟采芦花织素锦，美庐案畔寄思柔。

2020 年 10 月 3 日

17

七律·夕照泰山西湖

夕照平湖缥缈姿，山衔水月醉心痴。

归巢倦鸟鸣声浅，停棹闲情移步迟。

树老枝疏蟾彩泄，径幽音息俗尘离。

清灵一片吟诗好，缕缕余晖淘净思。

2021 年 5 月

附：诗友桃源笠叟先生唱和之作

七律·题桑新华先生赠泰山西湖图

谁把芙蓉拴作饵，更将垂柳折为纶。

樵舟浅棹追琼月，玉魄深潜摄锦鳞。

梦醉难分经与纬，情痴莫辨幻和真。

一壶风韵三山度，半盏禅光四海沦。

七律·访玉泉禅寺（通韵）

玉泉禅寺岱峰东，寂寞经年名渐隆。

新茸山门尘未染，旧栽银杏貌犹葱。

经书有味金难买，释祖虽慈孽不容。

过客纷纷驻足望，一声佛号越长空。

2018 年 10 月

七律·空山禅悟

空山绝迹远无尘，片片层云树树春。

始见人间呈本色，方知雾霭泯天真。

浮生碌碌须观月，此刻闲闲正忆莼①。

宁静黄昏常独坐，禅音自省俗中身。

2018 年春

---

① "忆莼"典出晋代张翰"莼鲈之思"。

七律·蜗居避暑

兴逸远观青岱连，赋闲宁静似神仙。

风来卷柳拨清水，云去环山曳碧天。

片片蝶飞花菜畔，声声莺啭绮窗前。

欲栽诗树着心意，不尽欢欣落素笺。

2019 年 3 月

七律·还说七夕（通韵）

今日七夕，偶遇两地打工的一对夫妇重逢……

七夕每至盼逢卿，执手相拥上驿亭。

洒泪难言如梦令，举杯遥寄诉衷情。

有期天上迎春乐，无尽人间望远行①。

明日重为异乡客，怅然何若此双星。

2017 年 8 月 28 日

---

① 如梦令、诉衷情、迎春乐、望远行，皆为词牌名称。

22

七律·自题（通韵）

无心逐鹿亦登坛，长旅回头意自安。

问道履冰当使命，栽瓜种豆本天然。

千秋毁誉云闲看，大浪淘濯月总悬。

留取浮生悟兴替，沧桑重叙记流年。

1989 年 2 月

七律·读史有感

空翻《通鉴》枉言强，利剑应知易损伤。
灞上还军非软弱，披庭对镜耐炎凉。
从来水袖善歌舞，更赖机心见短长。
自好洁身留本性，常存浩气见汪洋。

1989 年 6 月

古风·异地观雪有感

　　偶到波士顿，感觉城与人静好，书与诗韵浓。深夜瑞雪铺洒，清晨银光澄澈，自然环境得天独厚……

　　　　偶会豆城①诗韵稠，冰封洋面暗春流。

　　　　不期寒夜梨花放，待到初阳照白楼。

　　　　故里梅香求雨润，此间草绿水悠悠。

　　　　苍天岂止独此好，归去同心绘九州。

　　　　　　　　　　　　　　　2018 年 3 月

---

① 波士顿有个别称，叫作 Beantown，豆豆城。

喝火令·忆四海长旅抒怀（通韵）

听景十分趣，行程万里霜。

难辞向往赴无疆。

放眼风光独好，锦绣在前方。

途远身先病，人回意未央。

挑灯铺墨著文章。

依旧神游，依旧任徜徉。

依旧五洲相伴，足以慰沧桑。

2021 年 3 月

调笑令·元宵月（通韵）

明月，明月，曾见频频圆缺。

如冰斜挂长空，记否流年似风。

风似，风似，谁把光阴再赐？

2018 年 3 月 2 日元宵节

调笑令·担山工

挑担，挑担，换得粗茶淡饭。

梦中揽月九层，醒后挥汗苦登。

登苦，登苦，不晓更敲几鼓。

2018 年 10 月

折桂令·元宵有感

又元宵、无限风光。

明月婵娟，烛火辉煌。

来往争观，灯车溢彩，故事悠长。

追韩信、千秋颂扬。

忆嫦娥、一树凄凉。

仰望穹苍，斜挂冰轮，独下西厢。

2018 年 2 月

卜算子 · 元宵读史有感

满月水边生，弯月梅间种。
缺缺圆圆去复来，酿就千秋梦。

诗卷有情花，史册无情冢。
天下从来一局棋，长叹人谁共?

2019 年 1 月

卜算子·菜园闲寄

老蔓释沧桑，芽叶呈清澈。
满院花儿款款飞，闲伴清风阅。

穗掸面颜尘，瓜解心情结。
往事何须感叹多，岁月仍更迭。

2018 年 3 月

鹧鸪天·雨后寻蝉（新韵）

今日末伏，雨后酷热，携小孙户外寻蝉，只收获一声蝉鸣……

气热风息酷似蒸，推窗敞户闷雷鸣。
团团云雾穿梭过，点点珠花贴草凝。

难入睡，去园坪，踏泥翻土找蝉虫。
一声长叫枝头去，急扯儿衣望夜空。

2018 年 7 月 25 日

蝶恋花·蠡园怀古

范蠡美名传自古，力挽狂澜，堪为擎天柱。
相挽婵娟情几许，长留佳话天方妒。

今看风荷摇曳处，人去廊空，不见相思路。
问汝功成闻暮鼓，泛舟五里①谁同渡？

1988 年 7 月

---

① 五里即五里湖，又称蠡园。

鹊桥仙·夕阳璀璨（通韵）

流年似水，生涯如梦，难料茫然归路。
曾经坎坷又无常，不关系、风霜寒露。

夕阳未晚，烛光待暮，榆杖挽霞拨雾。
山空廊静静如禅，已忘却、闻达丰禄。

2019 年 4 月

虞美人·又是七夕（新韵）

少年七巧瓜棚下，对月盟诗话。

中年长旅又七夕，天各一方相念问归期。

今朝倦卧七夕在，白鬓朱颜改。

悲欢聚散付秋风，一任窗前云冷雨星星。

2018 年 8 月 7 日

鹊桥仙·泪洒七夕（通韵）

星牵泪目，云飞天堑，乞巧绵绵悲怨。
鹊桥一会众人怜，岂不见、人间长叹。

男婚女嫁，人情冷暖，几对猜书茶溅？
同床异梦度年年，最怕是、迟阳孤雁。

2019 年 8 月 7 日

鹧鸪天·游大汶河感怀

滚滚长河旧涌新，随波物影不留痕。
船停未觉滨湾浅，芦谢方知岁月深。

时有限，意无垠，不辞春老暮和晨。
临风咏叹三千阕，喜做凡间快意人。

2015 年 9 月 27 日

采桑子·秋

落英尽染斑斓树，一叶秋惊。
满目晴明，硕果盈盈遍野呈。

匆匆且住闲情了，风雨平生。
心绪安宁，漫咏清词再一程。

2017 年 10 月

浣溪沙·时至寒露偶感（新韵）

岁过中秋玉露盈，霜天烂漫染林层。
入诗黄叶韵无穷。

风温风凉风总绕，月圆月缺月常明。
天高云淡是从容。

2020 年 10 月 8 日

浣溪沙·秋色

秋染黄花褐紫枝，露来点点雨丝丝。
山川寥廓雁飞时。

易老流光霜染鬓，不移豪气酒盈卮。
丰年酌韵步迟迟。

2017 年 9 月

蝶恋花·菊叹

菊放年年秋月怒，城阙乡间，一派金黄塑。
傲雪凌霜何所许，千回百转无归路。

满眼披英欹老树，纵挟余芳，不值春华妒。
无限风光留不住，江河毕竟东流去。

2003 年 9 月

41

青玉案·风冷残阳暮

秋寒霜降云凝雨，更听那、鸿声诉。
曾是双双今独伫。
露侵芦岸，花停湾渡，回首寻归处。

依稀往日经行路，怎奈前方满尘雾。
遥望长天人不语。
一河逝水，几行枯树，风冷余晖暮。

2010 年 10 月 20 日

42

枝衔好月来

七绝·不知

蜗居郊野远嚣尘，留取冰心做故邻。

只愿荷花皆似我，不知我又似何人。

2018 年 7 月

七绝·答善利同学

岂敢词宗说古今，莫如故旧乱弹琴。
只缘早在青山外，不泯童真润本心。

2018 年 7 月

附：同学孙善利唱和之作

不问嚣尘问故邻，冰心一片远郊存。
荷花似汝汝似谁，清照扁舟弄波沦。

七绝·贺汉跃同学画展成功（新韵）

帝京小试展雄风，国展争荣一墨横。

笔写山魂惊凤雨，胸融今古自留名。

2018 年 11 月 21 日

七绝·释怀

——赠拳友李小妹

恩爱莫求幽怨少，万全不遇淡然多。

从今花与书为伴，把住光阴细细磨。

2020 年 9 月

七绝·答尊春同学（通韵）

师生之道古今然，桃李芬芳伴我闲。
未改初心还似水，相知相励度年年。

2018 年 8 月

竹枝词·还赠宝峰、洪民诸同学

有酒无诗俗了人，有诗无酒不精神。

浊酒清词今相送，长歌漫饮任黄昏。

五律·寄诸城诗友艺宁

密北生贤帝，词宗天下奇①。
今朝滋蕾处，明日著书时。
旖旎千千句，嵯峨卷卷诗。
谁人汶水②上，品曲待新词。

2019 年 3 月

---

① 诸城，传说因舜帝生于城北诸冯村而得名，别称密州。也是李
清照之夫赵明诚的出生地。
② 汶水即大汶河，在泰安境内。

七律·又见老家大槐树

闻听故里旧村改造，回乡探望，只见高楼一片，唯家门西大槐树葱茏矗立……

故居一去面全非，唯见苍槐翠盖低。

每每迷藏曾躲洞①，重重足印自成蹊。

风吹小叶追云梦，鹊占高枝恋旧栖。

虽喜新楼掩茅舍，幸存老树识孩提②。

2021 年 4 月 28 日

---

① 千年古槐树身空洞，可容孩童。
② 孩提即孩童，当年树下玩耍的那个小孩子。

七律·大学同学四十年聚会抒怀

一（通韵）

当年腊月暖风新，学子八方赴考门。
笔墨弄潮成剑曲，文思汇涌聚箫音。
辞师远去前尘事，解甲归来率性人。
老友重逢情胜酒，一言一语几回斟。

二

少年壮志历风沙，豆蔻逢春走海涯。
一纸招文来学府，半生长梦寄朝霞。
文心不许书生老，白发平添气度加。
且倚雄山看汶水，举杯依旧忆农家。

2018 年 3 月

七律·品赏亓涛学弟墨宝新作（通韵）

　　《别董大①》等三幅墨宝收悉，又现古朴雅致新品味、新气象。喜不自禁，漫吟成曲，贺之谢之！

> 诗书只为赋闲心，梦里情怀梦外身。
> 岁晚尤知同砚②好，词穷愈感墨毫沉。
> 兰亭独步求真趣，筚篥倾听解妙音。
> 本自低吟成曲调，亦酬岁月亦酬君。

　　　　　　　　　　　　　2020 年 6 月于岱下

附：亓涛学弟唱和之作

七律·和新华君诗一首

> 敬佩大姐童子心，无论内心和外身。
> 遥想当年同窗好，好比陈酒郁香沉。

---

① 董大即董庭兰，唐朝音乐圣手，精通筚篥等乐器。
② 同砚即同学的别称。

吾才疏浅虽无趣，君爱清照听妙音。

月光如霜静思调，举头之间月如君。

2020 年 6 月于沪上

七律·《雨巷》意象

蒙山师大东方学院魏建教授之嘱，以古典诗词写意戴望舒的《雨巷》。

独行小巷几彷徨，一缕芬芳带雨凉。
素朵清清心似我，愁云淡淡意由缰。
此生常怕花幽怨，萍水应怜梦渺茫。
忽作轻烟无觅处，只听滴答叹声长。

2020 年 4 月

56

七律·答诸同学（通韵）

清风明月岂须钱，揽云摘星却有闲。

未改痴心还似水，只播词句不耕田。

一江骇浪逐波去，几朵寒梅伴我眠。

入梦三分禅自在，无晴无雨做诗仙。

2019 年 8 月

七律·清明祭亲

——读同学们回忆前辈的文章

花甲深知义比山，清明祭祀泪潸然。

祈言句句和心血，肆沸行行染杜鹃。

隐约慈容形渐远，依稀庭对梦犹圆。

忍看冥帛烟长缕，可是哀思到九泉？

2018 年 4 月

七律·写在先生六十六岁生日

只叶翩跹酷热收，千杯交错喜盈楼。

雄心不已人生醉，大业方兴故事稠。

野草无闻植乡土，苍松有意写春秋。

一程山水一程意，身在昆仑又远谋。

2020 年 8 月 31 日

七律·大医传世（通韵）

——致意中医专家心正老先生

沉疴无告暗神伤，幸遇芳邻多妙方。

深浅探究凭四诊，阴阳辩证有八纲。

才钦国手精良术，更赖仁心体恤肠。

冬去春回迎曙色，大医传世任沧桑。

2020 年 10 月 9 日

七律·蝉蜕思

端详蝉蜕叹吁噫，前世今生寄此皮。
数载蛰眠长倚靠，一朝破茧永分离。
自鸣天地终偿梦，空望悲欢两不知。
放任蛮荒未开窍，何期虫类解人思。

2021 年 7 月

古风·逢霜降再悼学弟

信华同学 2020 年 10 月突然离世，同学相聚，皆念之。

一夜霜来露水寒，远行尔可换衣衫。

着凉忙避瑶池府，觉累先停两界言。

涣漫春秋余岁短，无情生死有情牵。

同窗再议重逢事，皆叹华君几日还？

2020 年 10 月 23 日霜降

古风·有感宗明同学的新"好了歌"

冷脸热肠老弟兄，刷新"好了"诉衷情。

言说嬉笑率真性，举手投足好汉行。

不辍耕耘育桃李，坚持耿正展雄风。

无为自许说碌碌，有梦人生不是空。

2018 年 6 月

古风·泛舟三峡伴友人

对酌对垒对诗赋，失态失言失常度。
醉依栏杆水倒流，笑指青山哪如故。
莫道炎凉路难行，总说误我古人牍。
兴会知音闲工夫，最是别来萦怀处。

1989 年 9 月

古风·题竹映幽径诗友

五十知命正华年，文采风发趣蹁跹。

提笔千千学苏子，举杯两两效稼轩。

诗坛学府求新意，卧榻田间躲俗烦。

月下幽栖思故事，梦回黑水喜当前。①

2021 年 6 月 28 日

附：诗友竹映幽径唱和之作

七律·赠桑新华先生

英杰出于乡野家，平生意气展风华。

桑榆虽晚存朝气，诗赋常吟蘸落霞。

---

① 诗人祖居东三省，成家后曾住肥城陶公幽栖寺附近。

仰望泰山山解尔，遥寻祥鹤鹤弹筘。①

识君如沐三春色，岁月雕成不老花。

2021 年 6 月 28 日

---

① 化用新华先生的著作《仰望泰山》《天下祥鹤》书名。

古风·折雪梅寄在沪老友秀贞君

屏身独卧北风飑，相伴寒梅雪压枝。
忽听南来牵挂问，未曾开口泪丝丝。
人生相遇偶然事，所幸相怜且相知。
忆昔共赏暗香远，与君芸窗苦读时。
同趣萦怀常栽种，此时花放尔远离。
芳菲洇染总无际，一点灵犀始念斯。
清客无争繁盛场，残年仍恋傲霜姿。
折来素朵①君前寄，告之冰心耐春迟。

2020 年腊月写于岱下

---

① 暗香、清客、素朵均为梅花雅称。

喝火令·夜习逸情

月下吟闲句，灯前读小札。
或圈或点写天涯。
了了几行文字，自此解心枷。

惬意托清梦，深情寄淡茶。
星辰三两透窗纱。
还有诗书，还有逸思遐。
还有半生无悔，陪我待朝霞。

2021 年 6 月

浪淘沙·故里桃乡情未了

风软雨声柔，青嫩红稠。

桃花深处旧书楼。

钟响犹闻童笑语，余韵难收。

乡梦未曾休，非是闲愁，玉皇皋在岁难留。

逝去月河①伤白发，不愿低头。

2018 年 3 月

---

① 玉皇皋和月河皆为故乡桃园镇桃花园深处的小山小河的名称。

点绛唇·佳节思亲

灯市熙熙，晚来顿觉衣衫薄。

返斋寻帕，四顾惊凄寞。

鞭炮声声，别绪添情切。

人何所，泪盈声咽，一阵烟花落。

2018 年元宵

南乡子·暮春思故里桃乡

风暖暖，雨层层，小轩宁静杜鹃声。

鸟语牵回思旧梦，落花应，绿叶若阴桃亦盛。

2019 年 5 月

蝶恋花·春来情深忆同学

道是春来情不薄，云卷风来，子结梅花落。
数载倏然浑不觉，分明纸上频思昨。

相聚依依同梦约，执手千言，句句陈详各。
从此世间心可托，一生不忘三生诺。

2017 年 3 月

少年游·同学四十年聚会（通韵）

风行雨散四十期，相念又相知。

学山挥洒，兰堂谈笑，海阔任舟驰。

一别数载传书少，终有再逢时。

华发童颜，欢声泪目，举酒岂相辞？

2018 年 3 月

少年游·致庆元同学

同学庆元善钓，群里晒出他烹鱼美味，引发大家感叹。瞬间，同学们转向国际争端之议……

鱼香缕缕数君知，陈酒最相宜。
垂竿钓浪，举杯邀月，一醉万休时。

醒来闲论寰球事，今古亦如斯。
满目争端，两肩风雨，天道费人思。

2018 年 7 月

鹧鸪天·秋深忆同学

昨夜凉风挤进门，方知暑远暮秋深。
黄花点点枝头坠，衰草丛丛枯叶纷。

云聚散，过无痕，浑然人世又一春。
重逢未道当年事，执手惊为白发人。

2018 年 11 月

喝火令·读《漂蓬吟草》^① 有感

只咏人间句，长趋壮士门。

栉风追浪写秋春。

千页塞边文墨，一纸楚骚魂。

远戍难酬志，归来未了因。

敏思难却意纷纷。

任尔痴情，任尔笑浮云。

任尔古稀清绝，怎会寄凡尘？

2019 年 10 月

---

① 《漂蓬吟草》作者张德祥先生，他曾在原核工业部 221 基地
（地址青海）报社任总编辑。1992 年返淄博市，晚年任淄博市老年大学
诗词教师。

鹊桥仙·写在女儿四十岁生日

2020 年初，小女因商务赴美洲，突遇新冠疫情返程受阻，千难万险，几经周折，终于顺利归来，生活畅然。蓦然觉得：吾儿长大矣。

晴江初晓，霞光拂照，浊浪潜流暗绕。
临波戏水笑相迎，凌云志、应齐穹昊。

亲情眷眷，书香缕缕，才气娥眉佼佼。
长驱千里不回头，纵横处、花繁枝俏。

2020 年 7 月 21 日

山静鸟音远

七绝·云南腾冲茶花园观鸟

黄莺三两下空庭，小憩梅梢话晚晴。
乍起微风踪不见，只听一地落花声。

2010 年 2 月

七绝·高黎贡山上观鸟老友相聚

春光深浅未相知，莺雀飞鸣百鸟齐。

尔至吾来如约定，此时此地自神怡。

2010 年 2 月

七绝·瑞丽边陲观鸟思乡（通韵）

鹪雀逍遥鹰鹤远，凤鹂叶下叙缠绵。

春风北送轻拂面，午后沉沉梦客船。

2010 年 2 月

七绝·那邦两国界河观鸟感怀

界水悠悠帆影尽，残阳漠漠欲西沉。

鹧鸦四散知多少，别却江头各宿林。

2010 年 2 月

七绝·南方拍摄小鸟遇雨二则

一

倦鸟疾飞偏遇雨，回巢不得暂栖竿。
归期渺渺何从问，远望重山自倚栏。

二（通韵）

热浪未消凉雨起，黄莺高唱转悲啼。
花开花落随风去，方悟常生幻灭时。

2011 年 4 月

七绝·在甘肃南部的尕海观红翅旋壁雀
二则（通韵）

一

雪域清溪静入禅，雀来轻啜起微澜。
休言山水无情物，万物相生一脉连。

二

涧深波冷雾蒙蒙，旋雀振翎桃蕊生。
笼翠无边红点点，悠然来去笑春风。

2011 年 4 月

七绝·白头鹎（通韵）

飞则比翼栖相守，红果青蔬胜美馐。
年少未曾竹马戏，晚晴偕老到白头。

2013 年 4 月

七律·北疆万里寻雪鸮（通韵）

羽身如雪翼如绤①，除害灭虫林野栖。

生就夜行非祸兆，何遭众指总悲啼。

猎枪杀射边关躲②，群鼠逍遥豆菽斋。

可叹人难通鸟语，哪堪功过倒迷离。

2012 年 1 月

七律·在斯里兰卡拍摄野生鸟类抒怀

寻踪鸟迹到锡兰，小住荒村哪肯闲。

耳畔钟声浮寺庙，眼前竹海接青山。

凤①鸣溪岸听声老，鸦踞枝头看月弯。

举目又随鹦鹳去，莺歌留我不思还。

2013 年 2 月 18 日

---

① 指蓝孔雀，传说是神鸟凤凰的原型。

古风·在哥斯达黎加观彩色金刚鹦鹉

名谓金刚不妄尊，羽毛五彩丈余身。

牢笼不锁雄奇鸟，军幕仍留雁翰闻①。

生就无巢懒修筑②，因无挂碍远飞勤。

兵戈暂息烟消日③，昂立枝头比凤鲲。

2013 年 4 月

---

① 取"鸿雁传书"之意，此鸟善飞，曾在军中用于传书。

② 此鸟从不建筑巢，借巢而宿，繁殖困难，因而稀少，更加珍贵。

③ 哥斯达黎加自 1948 年 12 月 1 日宣布废除武装力量，成为世界上第一个没有军队的国家。

古风·内蒙古白音敖包观黑琴鸡打斗

琴鸡披彩裳，双冠似丹阳。

怒容争佳俪，瞋目露锋芒。

展翅惊风起，举足沙土扬。

大漠多生趣，北国尽春光。

2012 年 3 月

古风·汉中洋县喜见朱鹮

总念汉中三月时，朱鹮几处弄翩姿。

羽如白雪喙如染，体态安闲好风仪。

踱步溪流因风舞，缠绵杨柳绕树啼。

记否田间少行迹，欣闻保护又群栖。

钟意天然归故里，山河入梦鸟入诗。

一世情缘两相悦，霓裳不再惹愁思。

2012 年 3 月

古风·在巴布亚新几内亚观天堂鸟[①]

天堂鸟非天堂生，原始森林茂处营。

澳北巴新尊国鸟，还称极乐为学名。

华羽缤纷尤醒目，求偶劲舞尽痴情。

听得贸易频伐木，人间恐难觅彩翎。

2012 年 8 月

---

① 天堂鸟又名凤鸟，学名极乐鸟。有华丽的粉色体羽、尾羽，头颈羽色有黄、绿、黑色三色，极为漂亮。系巴布亚新几内亚的国鸟，属世界濒危级珍禽。

古风·早春观鸟在呼伦贝尔大草原

莽原春至初阳盈，草木应时节节升。

访客远来尚熟睡，百灵早醒俱嘤鸣，

窗迎曙色形难辨，云送啁啾悦可听。

身起循声抬头望，头前展翅见雄鹰。

英姿牵我往常愿，退却潮头鸟为朋。

禽语欢心何须解，人言会意不关名。

谁说莼忆唯张翰，方晓归来有本卿。

一片安闲光正暖，风吹诗绪驭鲲鹏。

2013 年 3 月

古风·青海湖鸟岛感怀

行行西去何方驻，日月峰①旁不染尘。

不尽苍山齐作岸，如潭碧水始为邻。

一湖白鹭窥潜鲤，半岛夜鹰弄黄昏。

鸦憩沉沉才入定，雁鸣喋喋颂经文。

高僧得道无意问，小鹤未成近我亲。

慈念顿生觉春暖，羽绒在手禅在心。

素来喜听清平调，迟暮还持淡定身。

仙缘不关浮生事，天趣重拾入梦痕。

2010 年 3 月

---

① 日月峰位于西宁市以西，青海湖东侧，故有西海屏风、草原门户之称。还有文成公主远嫁松赞干布时过此山不慎摔破镜子的传说。

古风·也说杜鹃

四月子规凄婉声，情思牵动觅踪行。

翻山涉水新巢遇，待哺攒头叫嘤嘤。

个大幼鹃争抢食，猛啄莺首不忍听。

早知育雏借巢事①，触目杀亲太绝情。

仁慈父母禽该有，恩义沦亡徒美名。

言好莫如行动好，从此鄙夷媚俗声。

远程归去心自许，故里闻鸦②久耐听。

2010 年 5 月

---

① 杜鹃不会筑巢，育雏皆借莺或雀之巢，莺或雀为鹃之义亲。幼鹃常啄杀幼莺。

② 乌鸦反哺，属义鸟之类。

苏幕遮·秦岭深秋拍摄红腹锦鸡

菜花枯，莺韵歇。百里秦川，飞叶霜如雪。
曲径斜阳深壑叠。锦雉含情，故土难离别。

梦难圆，情亦切。往事经年，堪叹云烟灭。
钩月晨星啼唱接。一抹飞霞，春讯长空掠。

2012 年 2 月

卜算子·笼中鹦鹉（通韵）

枝上立花容，林阔飞如画。
美妙歌喉惹祸来，笼锁庭堂下。

果腹自由无，舌巧尊严罢。
无奈学说主子言，形悴声音哑。

2012 年 4 月

卜算子·在南美洲观蜂鸟

体寸喙奇长，飞羽金光耀。
进退翻腾自去来，犹有旋停俏。

珍美悦人间，灵巧堪为效。
航宇飞机再仿生①，阵仗多奇妙。

2013 年 5 月

---

① 据传闻，人类正要根据蜂鸟研制新型仿生战斗机。

99

卜算子·寻访野生鹤类（通韵）

仙鹤梦中飞，循迹八方找。

乌遁山空草尽荒，不觉心中恼。

黑颈雪原栖①，我上滇东峁②。

高蹈长歌苦觅食，清静终归好。

2013 年 11 月

---

① 黑颈代指黑颈鹤，是被发现最晚的高原鹤，生存环境恶劣，觅食艰苦。

② 滇东峁指云南东部大山包。

风过花影重

金陵十二钗花语新解（组诗）

十二花容色最新

我国历来有以花比喻女子的文化传统，最经典的莫过于《红楼梦》里的金陵十二钗。

黛玉以冰清玉洁的水芙蓉为喻；宝钗则以雍容华贵的牡丹作比；李纨与独居深山的素兰相宜；年幼的巧儿死里逃生后安做耕织农妇，比作牵牛花也算恰当，如此等等。

《红楼梦》屹立于世界文学巅峰，很重要的原因，就是它首次赞美讴歌了一群女孩子，展现了这群奇女子以其短暂的一生演绎出活色生香的生命画卷。她们皆为名门闺秀，花一样的面容，水一般的心性，横溢的才学，淋漓而骇俗地绽放。而细细品读，不难发现她们各自的性格不同、际遇不同、命运不同。用不同的花作比，更能形象地凸显出她们的这些同与不同。

可惜鲜花虽好，绽放时日尚短，更经不住雨打风吹去。十二钗惊人的相同之处，在于她们个个生命短暂，结局悲凉。绚烂的生命之花转瞬即逝，如陨落的流星，让看花人

103

连惋惜回味的时间都没有，结局凄楚得令人扼腕顿足。她们生的短暂更显其生的珍贵，结局悲惨更显其生命经历的美好。这一切再没有以花来比喻更妥切的了。

"十二花容色最新，不知谁是惜花人。"因此，把它（她）们写在这里，让相知相惜者品味……

2011 年 3 月

卜算子·知芙蓉花（黛玉）

卿自大荒来，深解秋滋味。
露点莹莹水照花，愁透凝眉泪。

脉脉两相知，心系尤心瘁。
莲子青青不见君，唯有清香最。

七绝·叹牡丹花（宝钗）

自是花中第一流，无情偏解有情愁。
金簪怎奈生尘恨，雪底深埋万事休。

采桑子·惊石榴花（元春）

榴花惹醉嫔妃面，君可相宜。
君可相宜，叶叶枝枝，绚烂正当时。

104

天心未表福能续，物散人非。

物散人非，落日空临，残壁旧霞帔。

七绝·别杏花（探春）

山花乍放品惊人，可叹寒风冷雨频。

勿忘来年传喜讯，江边遥念故园春。

鹧鸪天·烟雨海棠（湘云）

脂粉一丛烟一丛，横陈竖卧醉酣容。

烛红夜色新妆好，花曳晨曦媚晓风。

追梦醉，转头空，湘江水去恨无穷。

眼前魂冷枝犹劲，梦里寒塘无鹤踪。

七绝·痛红梅（妙玉）

本是红梅圻晓风，何须槛内悟禅功。

孤芳怎免群芳妒，自古红颜薄命同。

七绝·哀迎春（迎春）

娇养侯门富贵花，偏逢狼子误韶华。
鲜妍明媚无人惜，香落残春日影斜。

忆江南·惜莲花（惜春）

皈依梦，怎掩意成灰。
长景三春难勘破，繁华一梦不成悲，凄冷诉于谁？

七绝·惋菊花（熙凤）

旧梦繁荣化雾尘，机关枉自费精神。
冬深雪地茫茫白，谁见卿卿粉面春。

七绝·幸牵牛花（巧儿）

惊雷骤起大楼倾，花落尘埃幸复生。
巧遇丝丝田舍雨，闲听村妇说前情。

七绝·悯兰花（李纨）

休听草木论前因，富贵谁知却苦辛。

金榜题名封诰日，幽香冷尽付流尘。

五律·悯素兰（李纨）（通韵）

孤兰寄稻村，且隐不争春，
本是芳菲盛，枯竭澹漠心。
融冰滋墨客，素韵入瑶琴，
岁月传遗事，留她启后人。

七绝·梦桂花（秦可卿）

仙桂飘香天竺寺，冰清如玉幻情身。
一帘幽梦胭脂雨，望月寻香梦里人。

花开四季（组诗）

七绝·蜡梅

一

一片萧条一树芳，虬枝碎朵历沧桑。

雕磨岁月书心老，千古文章沁暗香。

二

雅梦三千飞雪韵，阳春十里落花闲。

千般吟咏皆人意，梅子浑然坠叶间。

2012 年 1 月

五绝·蒲公英（通韵）

三春集寸许，一瞬散天涯。

渺渺无踪影，来年遍地花。

2013 年 3 月

附：诗友竹映幽径唱和之作

五绝·又见蒲公英

儿时乡野见，何故向天涯。
一伞飞千里，回头处处花。

2021 年 6 月 25 日

七绝·牡丹三阕

一、初　　绽

曹州春漾牡丹奇，未近花丛难自持。
忆起禹锡夸国色，娇羞还数半开时。

二、怒放（通韵）

冰霜一路又逢时，率意雍容别样姿。
傲岸平生知己少，姚黄独步月来依。

三、敛

莫测阴晴几度欺，狂风冷雨叶支离。

109

春光散去精神在，风骨依然胜旧姿。

2013 年 4 月

七绝·芍药（通韵）

袂连国色自称臣，颜色从无逊半分。
五月芳消才绽放，东风同度不争春。

2015 年 5 月

七绝·紫藤

紫藤花发一蓬新，不占群芳最上春。
满架繁葩尽垂首，为人小憩洒浓荫。

2016 年 4 月

七绝·萱草花

一

谁言春去百花殇，萱草辉辉悦北堂①。

---

① 北堂以母亲住处代称母亲。萱草花为中国母亲花。

吟咏千回留史册，枝枝叶叶寄纲常。

2020 年 4 月 1 日

二

春暮无眠月冷清，摇萱碎影傍空庭。①
慈颜远去难成梦，泪洒哀思过五更。

2021 年 4 月 4 日清明节

七绝·菊花（通韵）

寒风昨夜漫东篱，花抱枝头不委泥。
谁说陶令尽偏爱，千古高风到此时。

2015 年 10 月

七绝·柿子

当庭植柿祈如意，岂料寒风大雪欺。
人计天盘谁胜算，红颜敷粉又惊奇。

2015 年 12 月

————————

① 此句出自王冕《墨萱图》诗句：南风吹其心，摇摇为谁吐？

七绝·三七花（通韵）

墙上安居风尽吹，繁花四季自为梅。

粉身甘作疗伤药，雨打低头不皱眉。

2016 年 9 月

七绝·芦苇花

一

西风烈烈苇花飘，点絮如蓬归路遥。

不委污泥不缠柳，青天直上觅春潮。

二

飞絮逍遥漫昊穹，倚云牵柳舞长虹。

如斯景象寄寥廓，何以悲情附雅风？

2017 年 12 月

七绝·野花

无色无香无可恃，荒山僻野乱栖身。

浓荫泼洒连天碧，少我人间不是春。

2017 年 3 月

附：诗友竹映幽径唱和之作

七绝·野花

纵有色香皆不识，人烟少处自安身。
为酬青帝一番意，妆点山河无限春。

2021 年 6 月 25 日

七绝·水仙花（通韵）

瓯底碎沙扎下根，赤心素面韵清纯。
孤身倩影一泓水，遣退严冬先报春。

2016 年 11 月

点绛唇·蜡梅

春立何方？窗前梅朵徐开处。
临风低语，力挽东风住。

别样清幽，总是心如许。

怎托付，冷香半缕，且与书生叙。

2018 年 1 月

卜算子·月季花

也学牡丹开，多作雍容样。
借与婵娟扇掩羞，锦上添花靓。

偏近世间情，不爱娇柔相。
数到秋冬对北风，依旧安然放。

2012 年 10 月

附：诗友李云岱先生唱和之作

七律·读桑新华先生咏花诗作有感

一缕清香拂面来，三分嫩蕊向春开。
何须梦对烟云路，只愿情随花露台。
畅意多从天外取，禅心都在此间栽。
每闻岁月风中过，把定乾坤问玉杯。

2020 年 1 月 22 日

附：诗友桃源笠叟先生唱和之作

七律·读桑新华先生咏花诗作有感

读书如梦醉瑶池，美照琼章纵我卮。

芳自梅瓶思漫漫，人将诗意问迟迟。

唐樽月钓虚玄境，宋韵风流婉约枝。

不晓何时还故里，花间奉煮一壶痴。

2020 年 1 月 21 日

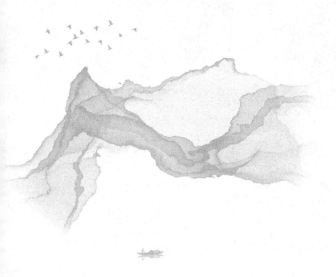

月与灯依旧

存 在 的

——写在《明清古民居》摄影集卷首

存在的
它们在那一刻消失
曾经在这里开始　也从这里结束
斑驳的墙　回响着生命的歌
河水流淌着
穿过心灵的窗

现实的
它们在那一刻消失
曾经从这里开始　也从这里结束
除了安静
就是这山间小溪的水声
哗哗　哗哗　是时光被打碎的声音
而这声音
就是从安静里发出来的
又是安静的回声

空旷的河谷
远处的山脉
静穆的树林
萋萋的荒草
还有河谷里几个微小的人类

究竟是谁
喊来这满天的白云
为这一份凄清
涂上一抹雄壮

老师　我是您的学生[1]

——献给母校和老师们

人一落地踩着的那块土地

被称作故土

与母亲同有一种情愫的学校

被称作母校

人一生中　远行千里万里

始终能听得见的是故乡的呼唤声

人一生中　纵有千变万化

经久不会变质的是师生情

老师啊

几十年前　您从这里送我远行

母校啊

几十年后　我循着您的呼唤

又回到了您的怀中

我走遍校园的每一个角落

---

[1]　写于 2002 年 10 月母校建立 50 周年校庆大会上，2003 年 9 月发表于《大众日报》。

想拾起学子时的记忆

我访遍每一座宿舍

想看一看我那当年意气风发的先生

然而　我的老师

您满头的黑发哪里去了

您清澈的明眸哪里去了

您红润的面颊哪里去了

您挺拔的身板哪里去了

面对纵横的皱纹　苍苍的华发

我唯有泪眼蒙眬

多少年啊

您一直蘸着头发一样黑　心血一样红的墨水

在批改永远高摞的作业

您送走了多少学生

就送走了自己多少青春

岁月对于别人来说　有多次选择

而您　一生只有一次

一次选择就选择了一生

一生对于别人来说　面临几多台阶

而您　一生只有一个

一个台阶就站了整整一生

您无悔的目光

是一次又一次托起日出的地平线
您脚下的讲台
是英才们攀登人生高峰的第一磴
当别人采撷各色各样的果实时
您收获的是承认与尊重

握起您干瘦而冰凉的双手
望着您昏花而茫然的眼睛
一种无以回报的愧疚充溢全胸
呜咽着　吐出一句话
老师　我是您的学生
您听见了
您笑了起来
您爽爽朗朗地说
不用这样
听说　你干得不孬
记住　为咱学校争取光荣

顷刻间
我经受了一次承受不了的震动
我的老师
您瘦削的身躯竟然还是这么宽厚
您耗费殆尽的心血竟然还在奔涌
再一次为我　您的学生
灌注精神的养分

您　永远永远

是我的老师

是我们民族的精灵

献上一朵最红的花[1]

在那泰山的顶峰
有一朵最红的花
润香了清晨的甘露
染红了绚丽的晚霞

攀上那泰山的顶峰
采下这最红的花
不往头上戴呀
不往瓶里插

模范教师大会上
掌声阵阵喧哗
一个人走上主席台
慈祥的目光洒下
是她　就是她
头上又添了几缕白发

---

[1]　写于1978年9月在校大学生诗歌比赛，获学校创作一等奖。

125

她教我多少春秋啊
就像慈爱的妈妈

人说反动派溃逃时
曾经把她绑架
她坚守了校园
胸上又多了块伤疤
在她流血的地方
盛开出一片鲜艳的花

又到"三九"寒流骤下
摧残了百花
她顶风傲立
凌寒大放光华
待到春回新蕾放
她兴奋的脸庞多像一朵花

啊
不献赞歌不献酒
献上这朵最红的花
它是您的心血染成
它是我诚心采下
把它佩在您的胸前
花香已四飘天涯

我站在高山上看鸟

在家日子久了　丢了梦
越万里来高原找寻
爬上没有路的高黎贡山　梦圆时分
却惊醒了　梦中的你

轻盈起舞　随意啼鸣
让我的身心
连同这片静山止水都灵光闪烁
蓦然对视
发觉地狱和天堂
　　竟然同时呈现于你的眼神儿

你为什么躲避
用天地间所有的途径
　　倒退
向着闲云飞去
你一走
　　山　空了

　　　　我　冷了

回首来路　才知道
那一片一片污浊的土地
没有一块配让你分享
侧耳山风　才明白
你不为任何人歌咏

从一朵野花到一座绿山
远吗
很远
因为隔着难以逾越的欲望
索取　填不平
财富　每一笔都是误区
聪明的人们被聪明所累
再不经心
地绿地黄
犹如你生生死死的涅槃
每一次轮回都山高水深

朝晖下的山峦　扑朔迷离
星空残存　是一部没有页码的天书
鸟儿忙着　翻译花开花落的声音
我闲着　坐下来用花红草绿养心
再去参悟

一个物种和另一个物种的和顺

天籁
梦痕
鸟影
身心
将万里浮云一眼看开
只留下一件心事
下山去
找回那片原本的绿水青山
让你　我
一生都享用不尽

飞呀，飞

——写给去英国读书的女儿

人们还沉醉在春天的梦里
你已飞进苍穹的晨曦
是的
春天给人希望
并不等于
　　秋天必定给人果实

雀儿还在花丛中喃呢
你已穿越厚厚的云层
在气流平稳的高空
　　太阳的光芒哪里去了
只像一个足球
　　把它踢在门里还是门外
　　　　任你

万里汪洋飞渡
　　一程又一程

晨昏风雨重重
　　一时又一时
再大的风浪
　　折不断的是
　　　　海燕的翅膀

或许
　　代价过于昂贵
　　　以一生的期待
　　　　去叩问某一时
　　　　某一地

其实
人与人啊
　　相差无几
早一分钟得到秋的消息
早一步到达目的地
这一分一步的价值
　　就等于一个天才

小燕子
　　回来时
　　　还是飞走的那一个吗

水 仙 花①

清清白白
亭亭楚楚

走遍花飞草长的季节
找不到立足之处
莞尔一笑
悄悄　走进严冬深处

仅一掬清水
濯出个无尘无埃的风骨
捧着颗颗金子心
任寒风摇曳　洁白簇簇

不争春　不争艳
终要残败
聚集所有血髓凝成醇香

---

① 发表于《飞天》1996年第8期。

熏醉了整个冬

春　姗姗来了
绚烂仍是布景
看数枝枯茎　蘸着冷清
默默地勾勒一幅
简简单单
　　纯纯粹粹的静物写生

从此　相信一个冬季里
这幅永不褪色的静物
是我唯一的选择
花不寂寞
人不孤独

清清白白
亭亭楚楚

观风筝放飞①

几起几落
　　　终于飞起
上升　上升
　　　直到登上那朵洁白的云
　　　才撒下挥汗后的惬意
模糊了地上的沟沟坎坎
听不见人间的暖言冷语

偎着蓝天
披着长风
　　　饱览山河的广袤
　　　品味苍穹的神秘
你的胸怀向宇宙敞开
整个世界便属于你

你笑了　说

---

① 发表于《黄河文学》1996 年第 2 期。

从未心高比天

终信登高必自

为了给人间添一分美

需要奋飞

这可不是轻松的游戏

他蹲着……

他蹲着
平地多了一尊雕像
那是一个族群形象的定格
　　一个时代的背影

不　他只是我的一位父辈
　　一个土里刨食的农民
　　　　裸露着嶙峋的贫穷
　　　　拱隆起黝黑的倔强
　　　　笼罩着木讷与漠然

他蹲着
在家门口那片场院里
　　那块已磨得油亮的碾石上
　　在爷爷蹲了一辈子的门槛上
烟袋述说着故事
碗筷显示着满足
　　很安宁

心思却跑得很远　　很远

浑身是岁月的烙印
岁月却是一根无情的线
拴住了多少牵肠挂肚而又无可奈何的思绪
只有那又涩又辣又苦的烟圈
　　掀动他花白的胡须
　　　　一抖一抖
　　　　仿佛要抖出一个人生
　　　　　　　一段历史

他蹲着
在牛栏门前
　　那块拴牛系羊的顽石上
　　　　一动不动
　　　　　静静地
　　　　　静静地

五月山村刈麦忙

零零散散的山坡地
　　是一个个棋盘
朴朴实实的老农民
　　是一颗颗棋子
整天在其中穿梭
　　从不论输赢
只为了　那一片一片的麦穗
　　严冬孕育　春夏成长

时光
　　到这里就放慢脚步
艳阳
　　在这里放射出同样的光芒

五月的土地里
　　一片浪又一片浪
　　　缀成大片金色的海洋
天地间涌动的

是让人目眩的麦芒

五月饱满了
　　季节的许诺饱满了
　　最大的欲望饱满了
至此　农人再没有梦想
舞起镰刀
　　把昨夜的梦　收进谷仓

剩下的心事
　　早已装进麦秸编成的篮子
放上板车
　　让太阳拉着去问候时光

泰山景象八题

知 音

——题泰山上的"高山流水"石刻

经天行地的名曲
　　高悬在古琴台上
　　　千年万年
只因为
　　千年难遇知音
　　　万年知音不绝

乡 韵

——写"葫芦蝈蝈"奇石

秋深了
　　蝈蝈
　　　爬上豆荚

眺望

只一声

　　熟透了金黄秋

　　　　搅乱了游子心

　　　　　　等白了少年头

极顶无字碑

浩浩神州掌上鼎

　　秦汉遗雄风

大业何托无语石

　　费尽思量

　　　　矢口问苍穹

俯瞰脚下众生路

　　台阶九千层

载石铸碑皆凡夫

　　踏平天街

　　　　铁肩是极顶

从"月下听泉"走过

　　月下听泉,泰山中路途中的一处景色。盘道因峭壁所挡在此拐了个弯,三面岩石高耸,一面小溪直下。壁高径曲,小桥流水,泉水叮咚,月光下犹如童话仙境一般。然而，我走过的时候却是个无月之夜。

夜半登山
仅为诗意

我刚来到泉边
月亮已走进地里

无月的夜景
犹如一具失去生命的残骸

泉声还是叮——咚　叮——咚
声声慢吟　听似叹息

那是山与水赠予我的半句偈语
月亮是人类梦想的源泉
月光是大地欢娱的婚纱
一旦失去了月亮
人间还会有什么
　　　能够诗意地栖息

到底是人们遗忘了月亮
生活才失去了诗意
还是因为生活失去了诗意
人们才遗忘了月亮

一滴水溅过来

　　落在唇边

　　不知是浊是清

只觉得有点涩有点咸

是大山的泪滴吗

"半空星斗落前楹

月色霜华千里平"①

我从山缝里捡起先人们遗落的诗句

仰天长问

月亮呀

你为什么走得那么快

我怎么就来得这么迟

丈 人 峰

丈人峰

真是丈人的化身吗

怎么躲在这个寂静的角落

是看厌了封禅大典的热闹

还是不屑无字碑傲慢玄密的面容

---

① 选自明代诗人谢肇淛的《登岳》。

身躯有点伛偻

有点突兀

还是站成了极顶上

　　　一帧“我就是我”的风景

传说归传说

是造山运动和岁月的刻刀

铸就这般的秉性

遗世独立　傲视苍穹

“铸古熔今”的句子

正合你宽厚坦荡的心胸

丈人峰

昭示着山上山下的芸芸众生

泰山的雄伟里

饱含大丈夫的堂堂正正

对松山遇雨①

松涛澎湃

而你　是挨我最近的一棵

伸出遮雨的手

---

① 发表于《飞天》1996年第8期。

无意中

    碰落一树闪光的眼睛

你的脸

    顿时阴过晴过

尘封的松朵

    倏然炸开

      一颗饱满的种子飞落

没奢望发芽

    仅为了召唤遗散遍山的诗

是邂逅　早已注定

是驿站　生命的归宿

荫翳下　轻依树干

看风云如烟　雨丝如织

顺着枝头流下

一滴一滴

干渴的尘土扬起

一缕一缕

泰山上的小溪

谁说北方的山都干旱

今夏　泰山上又有无数条小溪

145

溪水清清的　凉凉的
　　柔柔的　甜甜的
　　纠缠过美丽的卵石
　　又与螭霖鱼嬉戏

掬一捧溪水
照见浣纱的泰山女儿

泰山的女儿
会摊煎饼也会生儿育女

泰山的女儿
会采茶也会酿制特曲

泰山的女儿
会绣花也会唱戏

一曲出口
醉倒了群山

群山怀抱起小溪
醉倒了所有的人

岱庙大殿前的古松

你背负着亿万年的苍老
依然顽强地立着
风霜雷电剔尽了肌肤
正好展示如钢如铁的骨骼

过客们触目你浑身的疤痕
感伤的泪光闪过
你轻轻地告诉他
　　　这有什么
　　　只是经历得太多太多
知道吗
　　　世俗的权势
　　　抵不住岁月的坚硬
　　　喝彩或唾骂
　　　都不会从历史的门槛上跨过
只有荣荣枯枯　生生死死
　　　才是人世间　一道看不尽的景色

长年累月的经历
刹那间
　　　全部流泻
每一条纹路里

都有一个不寻常的故事

以老祖宗的口吻

幽幽地

向后人叙说

旧　钢　笔

旧钢笔　1962年
来到我手上
它像一截自然掉落的枯木
粗粗的　黑黑的　硬硬的

夫说　扔了吧
我说　不行
　　　没有它　我写不出文字

笔帽压裂过
我用磨出老茧的手指
一次又一次地包扎
像医生
在缝合我额头的伤口
新生的皮肉
　　　一层又一层
　　　　　覆盖着疼痛

怎么也想不起来

　　它崭新时的模样

倦怠了

　　拿起它

　　　　书写另一个梦

钢笔在纸上欢唱

　　沙沙　沙沙

我心灵里流出来的清泉

　　叮叮　咚咚

一群活泼泼的文字跑来跑去

　　终于站立在不同的位置

个个带着不同的表情

　　不同的个性

　　　　揉和不同的情绪色彩

　　　　　携起手　舞蹈　唱歌

我时而和它们谈心

　　时而和它们争论

　　　　谈天说地

　　　　　道古论今

手附和着它们的节拍

　　大脑依然天马行空

握着旧钢笔的日子

　　真好

新楼房

   新书桌

      新电脑来了

         钢笔没有了位置

把它放哪儿

   都觉得别扭

      无法调和的别扭

处处都有不调和呀

我找不到扔掉它的理由

孩子说　扔了吧

我说

   它陪我的时间比你还长二十年

      永远都长　二十年

即使

   哪一天　你们远离而去

      我手里还有它

我的皮囊里

   通过它

      倾泻出一个个生命

它的皮囊里

   满满贮藏的

      是我的人生

故乡的小路

走进故乡的小路

我诧异

记忆里长长的街巷

眼前竟然这么短

年少时　飘落的大雪上

踩下的那行小小的足印

连同梦想和期待

早已在不停的脚步里

消失得无影无踪

我前行　小路一寸寸缩短

在小路的转弯处

遇见儿时的玩伴

不敢相认

那是一张被岁月磋磨成的苍首啊

殊不知　我同样

也是一张再也洗不去风霜的脸

六十年　六十年的生命历程

在生活中那么漫长

在记忆里这么短暂

我们拉起手

用蹒跚的步履

再一次把小路拉长

一转身

太阳落了山

2014 年 11 月

回 老 宅

——写在 2021 年腊月二十三，新冠疫情再起，
石家庄封城之际

在走近老宅的

路口　我打了个寒战

　　　　　穿着单了

蜷缩的心情　像车窗外的小雪

渐渐下落　慢慢纷扬

想到祭灶　拉一下口罩

嘴角现出一小片暖暖的气场

一条老街

　　空空的　冷冷的

只有刺痛双眼的雪花　蓬成团

　　窃窃私语

　　暗暗思量

偶尔一两个人

　　擦肩而过　无语

谁能认出谁呢

遮住了大半个脸

走向圩首
记忆中村里那个最热闹的地方
　　还是空寂　　还是寒冷
千年的老槐树
　　没有以往的披红挂彩
　　只有一个个皱巴巴的口罩
　　　　挂在嶙峋的枝杈上
地面　　冰缝里的枯叶
　　犹如余烬的纸钱
　　　　任意摇晃
这是老祖母"驱邪"的煞咒吗
一半白一半黑的枝干
　　直指苍穹
　　　　诘问

唯一的那家老茶馆
　　门关着　　窗大敞
几个空茶碗
　　围着老茶壶
　　　　取暖
我拽紧被风卷起来的衣角
　　瞅向深处的灶房

黝黑的土墙
那张粗糙的木板上
一排崭新的蜡烛
跃动着鲜红的光芒
被照亮的陈年灶王
一脸平静地
向我张望

2021 年 2 月 4 日

新疆五题

仰望冰川

——攀登慕士塔格峰

我为你　不远万里
你给我　千顷荒漠
我为攀登你　大汗淋漓
你还我　一个沁入骨髓的冷

在你海拔五千米的山腰上
我失去了自己的高度
　　　还有分量
轻飘飘的步履
　　　留不住的自信
突然　我觉出了大自然的严峻
　　　岁月的绵长

还说改天换地吗

冰川的哪一页岩石里

会记得下

　　匆匆而过的你　　我

面对冰川下的清泉
——登上慕士塔格峰

自从脚下多了这湾绿水

　　你瘦了

长年滴泪的双眼

　　再不能遥望空中的白云

雪来了

　　在暖风里出神

此后

何时何地还能安得下

　　这个冰清玉洁的魂

我只有这串脚印

　一条思索的线

　　留下来

　　　厮守

葡萄架下的欢宴

今夜

大漠冷月该圆了

又被郁郁青藤切割

羔羊端上来了

金黄在欢笑声中增色

高亢的西域音乐呀

一曲又一曲

猛弹失调的心律

举杯

啜饮一轮凌乱的孤独

收藏起咫尺而遥远的感觉

还有胜过羔羊的脆弱

连绵的冰山没有睡

注视着一帮远方来客

淡淡的岁月

经千年长风吹拂

再也喊不出激越的话语

抬望眼

长长的葡萄架上

垂挂的
都是不熟的苦涩

高昌古城

岁月的刻刀
剔尽了肌肤
心摊在地上

来点燃沙缝里的枯草
烤灼后来者的目光

还是一色的土黄
整个民族的颜色

伊宁清朝的中俄界碑

双头鹰
　　立在残碑上
姿势几百年不变
　　眺望

看到些什么
　　繁盛
　　　　荒芜

梦境

都是帝王们的一段历史
华夏儿女的一页心酸

曾经熟悉的已经陌生

海南印象（组诗）①

小　序

我无意地
　　踏上这方热土
却贪婪地
　　吞下梦中曾相识的果实
　　心中便长出
油绿油绿的长生树
树上每天结出
　　一个深红深红的太阳
每个太阳
　　包藏着一个说不完的故事
　　　启迪着深邃的思绪

魅　力

仅仅一片无边无际的蓝

---

①　1994 年 11 月发表于《海南日报》。

簇拥着一抹浓得化不开的绿
镶嵌在神州的皇冠上
　　原本就是令人心醉的翡翠
当跑遍全球的阿波罗
　　把钟情的种子撒在这里
于是
　　生长出世上最神奇的童话
　　承载起时代斑斓的主题

各色人等
　　纷纷云集
是为了领略
　　绿的活泼　　蓝的深沉
　　原始的自然　　当今的潇洒
还是要索求
　　成长的轨迹
　　　　成熟的记忆
　　　　　　再创造的原动力

热　　风

你可见过
　　这翻山倒海的飞腾
你可听过
　　这强劲呼啸的轰鸣

恣意于南海沿岸的台风
　　一个巨大的精灵
　　　　在奔跑　在呼号
　　　　在激烈地搏动

聚集浑身的原动力
　　驱散积尘　横扫枯叶
　　挽留凝重　创造年轻
大踏步地越过原野
一路泼洒鲜红的血
　　灌注每一寸土地
　　洗染昨夜苍白的梦
　　把海岸从冬天的童话中唤醒

东风　西风　南北风
八面来风成一体
指挥着山海树林
齐奏着雄浑的交响乐
一阵一阵又一阵
使心潮汇合海潮
涨落奔涌　催促万物
在磅礴气势中获得新生

它生成了
　　生成于惊涛骇浪

摔打在摩天峻岭

陡然急遽旋转

挣扎着站起来

扶摇直上

挥笔把豪迈写在苍穹

不羁的风　崭新的风

自有一番独特的深情

轻轻地洗礼荒坡野岭

让翱翔的种子飞落

明天

遍地是充满芳菲的生命

慢慢地舞弄着摇曳的芭蕉

黑绿晶莹的光辉

映着落进万泉河里的小星星

古岛融会了这番激情

你看

森森而立的椰子树

凭百般肆虐　始终昂着头

拔地凌云　笑纳长风

硕大的叶片

被撕成一条一缕

苦苦恋着

从未想随风远行

依旧捧出玉液琼浆

坦坦然

　　露出奉献的笑容

更有目光坚毅的拓荒者

　　一踏上被震颤的路

都加快了脚步

　　在原生荆棘和铸造神话间

　　　行走匆匆

啊　热岛的风

豪迈的风　深情的风

飞越海峡

　　向大地劲吹吧

九州将会和南海沿岸一样

　　四季常青

　　　　成　　熟

在心的历程中跋涉

　　坎坷锻打着双脚

当来到这方热土时

　　却踩碎了星辰日月

无边的浓绿

　　展示出长成需要的顽强

湿润的热风
　　终于翻熟了日历上新的一页

海边停泊的小木船上
　　闪烁着不能泯灭的渔火
名刹古祠里
　　钟磬声声　在诉说着什么

捧起硕大的椰子
　　吮一口洁白的乳汁
清凉浸透了肺腑
　　眼前再现出狂风对树木的肆虐

摘一枚灵秀的槟榔
　　慢慢地咀嚼
　　为了这一缕甘甜
　　便饱尝苦涩

清醒中伸开紧握的手
采一朵微笑
　　把伤痕弥合
掬一捧泉水
　　冲去心灵的风尘
长长的渴望
　　沉沉的忧伤

便从此失落

热岛的风景
　　是一段说不完的故事
热岛的果实
　　是一支悠长而欢乐的歌

宁　　静
——天涯海角

向往多时
　　终于来到
　　　　原来是邈邈宁静的一角
没有文人墨客想象的浪漫
　　远离了都市的喧嚣
只有蓝蓝的海水
　　像懂事的婴孩
　　　　依偎在太空的怀抱

浑圆林立的巨石
　　砥柱擎天
　　　　和传说一样古老
人们匆匆而来
一踏上洁白的细沙滩
　　不由得放慢了脚步

怕惊动了太公千年不变的垂钓

轻轻地一挥手

　　脱掉多余的衣服

　　　　抛去了紧张　焦虑　烦恼

全身心融入大自然里

　　享受返璞归真　极致的快乐

　　品味超越时空　忘物忘我的韵调

不承想

　　翻飞的海鸥却是快节奏

细碎的浪花轻抚沙岸

　　缠缠绵绵

　　　　充满现代人爱恋的味道

不要惊扰

　　不要惊扰

游人多起来

　　流来流去

　　　　像有意陪伴不肯驻足的时光

当带着满足与不满足

　　踏上离去的门槛时

更觉得这一刻太短

　　这一角太小

新的旅程在脚下

现代游乐的场所在前方

这里只能留下

　　深深眷恋的"回眸一笑"

追

——鹿回头

高高耸立的传说

　　是信念和意志的永恒定格

鹿城久远的历史上

　　烙印着的

　　　　仅有一串很长很长

　　　　　　很深很深的脚窝

翻过了九十九座山

涉过了九十九道河

　　长得谁也难以数说

深深的脚印里贮满了汗水

汇集起来

　　便是三条浩荡的江河

不可征服　　不会停歇的脚步

　　踩碎了原始的荒凉

　　感动了疾驰的神鹿

惊愕　站立　回眸

瞬间折服的停留

形成了东方文化凝重的情结

托起创造富饶

　　播撒文明的日月

　　连接跨越时代的深沉思索

而今双双依偎在这里

微微垂下多情的眼

回顾往昔的风尘

注视造就的杰作

娓娓叮咛子孙们

　　开拓辉煌的明天啊

　　　还要穷追不舍

海　潮

海的浪潮

每天如期而至

　　总是汹涌澎湃

那是海壮士狂欢的舞蹈

刹那间

　　便收拢了礁石的张牙舞爪

它摔在岸崖上

翻飞出漫天的花

又落下如珠似玉的雨

激起连绵无限的涟漪

漂向远方

水珠连天彻地

洁白无瑕

遮掩住了摧枯拉朽的残酷

留下的是纯净如诗

邈远如梦

力大如神的遐想

浪又涌来了

蓦然升腾起拔地通天的水柱　莫不是

海底地心里那团融融的火

才喷迸出这般亘古不变的热力

惊呆了的双眼

注视着颠簸在浪谷浪尖上的小船

拖着半落的帆

在坚持　在挣扎

与之为伴的

只有海鸥凄厉的鸣叫

海潮扬起浩气的脸

哈哈大笑　说

"海的生命是永恒的

海的力量是不会涸竭的
世界上能够排山倒海
天天都在除旧布新的
　　只有我"

海边　留下一首歌（组诗）

寻　梦[①]

来寻梦

已失落多年

路是陌生的路

脸是不相识的脸

往昔的车轮从心上碾过

好重啊　我在战栗

椰子还是那么香　淡淡的

槟榔还是那么红　浓浓的

挺拔的身影

一改历经风雨的从容

使劲摇曳

把无情的岁月

---

① 发表于《飞天》1996 年第 4 期。

摔在鹿回头的石阶上

好痛啊　我在战栗

东山顽石①是一架大音箱

相思树做了琴弦

把一曲刻骨铭心的爱

弹奏得如泣如诉

音符落在万顷碧波上

好响啊　我在战栗

南海太小　　太年轻

承载不起凝重的历史

挽留不住飘忽不定的风

深深映进去的

仅有檀香树紧依着杨角凤②

同　　行③

天边那颗孤苦的星

　　是我抛去的一滴泪

迎着晨曦　不肯退去

清辉投进你的窗里

---

① 《红楼梦》电视剧片头画面顽石取景自海南东山巨石。
② 檀香树与杨角凤系共生植物，缺其一另一种便死亡。
③ 发表于《飞天》1995 年第 2 期。

握住一双温暖的手

　　窥见一颗依旧的心

微光顿作彩霞

　　映红了天际

相知酿成朝露

　　濡润着大地

走下去　走下去吧

　　光明伴你同行

　　甘露任你啜饮

　　　　属于你的不仅仅是成功

雨后　小船上

月亮睁大了眼睛

　　清晰了你我

　　　　和这停泊的孤舟

打开带来的行囊

　　只有疲惫的心

　　　　还有没留下痕迹的路程

静默　重重地落在海上

　　涟漪驮着心谷的回音

　　　　一圈圈荡开　很远很远

船边的水泡

　　刚欲绽放便破碎了

　　　堆成苍白的坟场

月亮是一颗欲滴的泪

别哭

　　湿透了的小岛长成碑

做证

　　不圆满的才是永恒

踏雨东山行

一踏上东山的石径

就下起了雨

凉凉的　细细的

谁也没想到躲避

还要打伞吗

在人生的风雨中

我们没有伞

正觉得渴

索性喝雨吧

雨儿停了

都淋透了

连彼此的许诺

风儿来了
却忘了行走
驻足静听
风儿轻抚小草的声音
这从心里流出来
又飘回去的音乐

　　雨夜　海上静悄悄

握紧手
　　　并肩伫立
抬起脸
　　　承受雨滴
没有光
连影子也远离而去
没有路
　　　心中的路
　　　　　延伸得更远更远

星星回家去了
鱼儿回家去了
我们没有家
　　　也没有伞

雨湿透了全身
　　　浇开一朵微笑的花
借遥远的岸边灯火
　　　相对凝视
　　　谁都不说话

海看见了
　　　轻轻地唱起歌
风儿听见了
　　　携着小雨点伴舞
生命与大自然拥抱
天地山川和弦共鸣
极致的韵味
　　　永恒的风景
不要观众
　　　不要收场

船平静地行驶
心整齐地跳动
帆挂起来了
　　　只等待天外吹来的风

生　日①

等到这一刻

我放弃了三十年

从三十年前的此刻起

我便属于这个世界

而此刻　这个世界属于我

你来了　在房舍深处

伸出张开的五指

做我生日的蜡烛

绽开一朵笑容

点亮灿烂的光束

火苗聚集成烈焰

　　锻造成熟

　　　把生命的色彩填补

在你的忙碌中

我寻找归路

哦　路尽头　雾蒙蒙

是我生长的荒丘

不知道

---

① 发表于《飞天》1996 年第 4 期。

该挥动拓荒的刀斧
还是放弃实在的温度
只好丢开理智的碎片
拥着静美的落叶
感觉逝者如斯夫

没有坎坷不成道路
坎坷早已注定
那是明天的事
此刻　世界是我的
把手叠起来
捧着落下来的月亮
喊一声　此刻不朽

日月潭栈桥

你可是邵族①人垂下的那根鱼竿

水中的"奇力鱼"② 已不多见

你可是玄光寺法师唇边的那支洞箫

寺里传来了"千年苦旅"的慨叹

你就是久久寻觅的那把钥匙呀

今天

我在这头

我的同胞在那头

走过来　正要打开对方的心扉

山呼海啸

只能无言

写于 2004 年 4 月访问台湾之时

---

① 邵族：台湾的部族，主要居住在日月潭一带，以渔猎、农耕、山林采集为主要生活方式，善"杵音歌舞"。

② "奇力鱼"系日月潭本土优势鱼种类，正在锐减，面临濒危。

钓

——在日本桥本市高野山下的小湖边

高山深处

　　一片原野

原野深处

　　一潭水

　　　静如禅

小舟自横

　　无语陪伴

垂钓人来了

　　不见鱼竿

正好

　　钓一片好风光

　　　还有那已经遥远的童年

孩子，你不该这样生活

——写给印度新德里街头乞讨的孩子

孩子

此时此刻

你坐在教室里该有多好啊

那里才有你生活的阳光和希望

然而

你却在这里

脸上的污垢掩不去你的微笑

你在笑

　　笑"普度众生"的教义太渺茫

我　一个母亲

还是一个教师

心早已被揉碎

哪里忍心拍摄下你这般模样

还是拍下吧

带回国来

仅仅为了让我的孩子们

再掂掂我国普及义务教育的分量

儿女们
当你们为学习和生活中的难题烦恼的时候
别忘了
　　山那边　我们的邻邦
　　　　还有许多孩子没有学上

伊斯坦布尔的清真寺二题

一

用高墙围住一方净土
恩怨是非都在墙外了结

何必留那么多门呢

引来几大洲的各种心情
都在门里门外徘徊

宁静安在

二

钟声
看不见
它荡开了一条链环
再美的舞蹈只能在链环内上演

钟声

听得见

它抛下了一串删节号

任谁都可续写新的诗篇

尼 罗 河

怎么回事

孕育了人类文明的一条长河

竟载不动一只小小的渔舟

摇橹千年

仍在此岸

打旋

英伦古堡里的壁炉

　　"白哈特"酒吧，坐落在牛津大学旁边的小镇一角，它是在亨利六世时期由子爵菲·费尔德的领地庄主约翰·戈拉夫莱先生立遗嘱所建的。约翰·戈拉夫莱以其庄园和"圣约翰浸礼会"而远近闻名，他去世于1442年，身后留下的金钱设立了慈善会。1580年该房子成为牛津郡圣约翰大学的财产。由于它非凡的历史和文化，迎接我们的主人以在此招待来宾表示规格和热情。2001年10月11日，我们访问PIC良种猪场时，在这里赴宴。

　　　　古堡遗落在小镇的角落里
　　　　壁炉缩踞在古堡的角落里
　　　　那团小小的火焰
　　　　　　冷却在壁炉的角落里

　　我　涉重洋而来
　　　　品着清香袅袅的咖啡
　　　　与炉沿上的斑斑锈迹凝视

壁炉

　　你可是绅士的老情人么

　　你见证过一个古老而辉煌的时代

　　就具有了这般魅力

灵魂的诉说

——记巴黎圣母教堂前拉琴乞讨的老人

这里　是巴黎人心中的圣地
你为什么停在门外
是因为祈求了一辈子
上帝从来不是不言就是无语

绅士的躯体　学者的风度
只是一头如霜的白发
记住了昔日的严寒
这把锃亮的大提琴啊
是你大半生的经历

大提琴奏出的
注定是沉重悲怆的旋律
《命运交响曲》流淌出来的
都是人与命运抗衡的强音

生活曾失意吗

精神还抖擞

背倚教堂　面对法兰西

昂起头　猛然抖弓

奏出了第一串音符　灵魂的独语

苍天不言

留住的只有行人的步履

一个　两个　三个

弯下腰去

轻轻地把硬币放进琴盒

不去打扰　不要谢意

叮叮咚咚地饮泣

汇合教堂里的钟声

撞碎身后那片沉闷的空气

你　头没低　眼没抬

那是做人的尊严

岁月无声人有情

把人世间的大苦大悲和绵韧不绝

演奏到登峰造极

回报倾听者以拥抱明天的希冀

丹麦掠影四题

城市的灵魂

我敢说，全世界到哥本哈根观光的文化人，都是为安徒生而来的。我是其中一个，因为在自己人生里程的起点里，有《卖火柴的小女孩》和《海的女儿》。可以说，是安徒生为这座城市注入了灵魂，否则，一座城市不管多么繁华，多么美丽，抽去了人文情致就等于斩断了它的根。哥本哈根是有幸的，一百八十年前，它没有拒绝这位有生以来第一次穿靴子的丑陋少年，虽然让他碰了些壁，却没让他失望。于是，他把坚韧的生命研磨成墨汁，用毕生精力把整座城市勾画成了童话，他则成为这篇童话里跨越时空飞向永恒的天鹅，令世人久久仰望。

安徒生雕像

在哥本哈根市中心的安徒生大街上，北侧是市政厅，市政厅临街的便道上，矗立着先生仰视长空的青铜坐像。

以不变的姿势

坐在这里

百年　千年

就像你一生不变的执着

生前

国旗卫官勋章　欧洲公民　有了

身后

安徒生大街　安徒生公园　有了

为什么你连眼珠都没动一下

仍然不变地仰视长空

似作天问

是怕当今的浮华

淤塞了目光的澄澈

还是与上帝一直没说明白

那个冗长的话题

长夜与文学

文学与人心

安徒生故居

一座普通的红房子

门紧闭着

像一场大剧谢了幕

插上国旗

招呼八方来客

让人分不清是高贵还是寒酸

门前的路不宽敞　也不平直

正是这些坑坑洼洼

留住了沉重脚步的伤感

倒是文豪一路踉跄的坦然

使来访者　不经意中

听到不屈命运叩击道路坚硬的声音

"只要你不相信自己会摔下去，

你就不会摔下去！"

循声追去

你已走远

新港石桥

新港运河里，当年繁忙的帆船，如今成了游人眼中的风景。岸南，是热闹的啤酒街；岸北，是宁静的安徒生故居。桥，亘古不变地立在其中。

石桥拱起

　　如同你那被岁月压驼的背

背弯了

　　硬度仍在

195

　　　　它记得你童年的艰辛和憧憬的甘醇

融入生命的处女作
　　　被抢购一空了
啤酒屋里送来的
　　　还是讪笑

你怅立桥头
　　　看天
　　　　看地
　　　　　看流水
当看清了清澈与浑浊
　　　现实与未来之后
终于明白了
　　　世上唯一可以倾心的
　　　　　只有孩子

于是
　　　把不朽交给了无邪的孩童

露珠集（之一）①

人

迈开大步前进的双脚，每一步都在地上扎实地站稳，这就是人。

人　生

人的一生中，最重要的事情就是做人。

人生的过程

一条只去不返的单轨道，任谁都无法修改身后的足迹。

专　家

能够对某一技能反复而成功实践的人。

---

① 1993 年 6 月发表于《泰安日报》。

朋　友

只想与你交心，不是与你交易的人。

架　子

对不能自立的藤萝，你须臾不可离，对巍然挺立的参天大树，却毫无用处。

成　功

做成别人做不成的事。

成功与不成功

成功的人，盯住目标而不断调整自己的方法；
不成功的人，面对困难而不断改变自己的目标。

幸　运

成功与失败之间的夹缝。

挫　折

人生之路的转弯处，并不是结束。

垂　钓

将生死系于一线，只因贪吃一口；鱼儿垂死的挣扎，是垂钓者眼中最美的风景。

灯

工作岗位注定在黑夜，只因自己心中充满光明，相伴随的，始终都是金色的清晨。

钢　笔

腹中积蓄的墨水越多，步伐越坚实，每串脚印都是一段隽永的文化或历史。

琥　珀

把珍藏内心深处的美献出来，你便成为珍宝。

棱　角

鹅卵石，无棱无角，让不少人摆上案几欣赏；建筑基石，有棱有角，只能做一次性的奉献，却可以作为建筑物伟大的一部分而载入人类生活的史册。

残　生

上帝待批的文件。

祈　祷

一些感到压抑而无奈的生命的叹息。

礼　佛

佛不变的慈颜，是对礼拜和唾骂的同一奖赏，也是人类亲手制造的自我嘲笑。

神

正襟端坐，肃穆可畏；从不开口，沉默得叫人莫测高深；坦坦然受八方香火，赫赫然显无边法力。一旦粉碎金身，从头脑到五腑，原来都是草包填充。

露珠集（之二）

舍 与 得

能舍能得，先舍后得，不舍不得，舍便是得。

德 与 得

大德大得，小德小得，无德不得，德之得也，德非得也。

平 与 安

平故能安，安固于平；不平所安，安所不安；平之所安，能平固安。

有与没有

有了没有，没有了有：有了不知道有，没有了才知道没有。

扁 与 圆

扁乎？不扁，不扁亦扁；圆耶？是圆，是圆非圆？

"意"之境界

得意，失意，至高境界"无意"。

露珠集（之三）

运河故道中的村庄

村边有河　河里有水
水中有沙　沙中有金
金里有人　人有男女　男女有家
家家有喜有忧　喜忧里有代沟
沟里有水　水里有沙

树

树是大地写在空中的诗
人们把它们砍下来做成纸
用来记录自己的无知

坐回树下吧
享受诗意的栖息

注　定

注定有某种因缘
两堆火焰汇拥在一起
那景观极为动人
古往今来
人们都用最美丽的词汇形容

注定有某种契机
火焰会渐渐消隐
只留下火的根基
两堆黑黑的炭
和它们之间干干净净的距离

渴　望

搁浅的船
渴望大潮巨浪
然而一旦驶入海洋
更多的渴望
是风平浪静

老人和孩子

老人望着夕阳西下　懂得了一切的无

孩子看着朝阳升上　尚不知道一切的有

老人看着孩子　常常思索人一生的路

孩子望着老人　只好笑他紧锁眉宇的莫名

跋（一）

最高楼·贺桑新华先生诗词集著付梓

杨衍忠

莲开处，

读叶子青青，

听水韵泠泠。

小楼坤砚谁人待，

西窗月影玉蟾鸣。

著千篇，

凝一盏，

醉三更。

走过了、乡间城际陌，

领略了、春山秋水色。

习经典，

赋琴筝。

几多佳境从容构，

几多妙句自然成。

梦由心，

心有爱，

爱无声。

2021 年 6 月 24 日

跋（二）

七律·贺桑新华老师诗词集著付梓

刘桂清

忆海拾珠犹可珍，那时那事落英缤。

悲欢融进一杯酒，得失化成三径春。

笑傲当年展风采，繁华过后见纯真。

东篱赏菊高山对，句句嚼来滋味醇。

2021 年 6 月 26 日

图书在版编目（CIP）数据

月与灯／桑新华著. －－北京：中国文史出版社，
2022.1

ISBN 978－7－5205－3270－9

Ⅰ．①月… Ⅱ．①桑… Ⅲ．①诗集－中国－当代
Ⅳ．①I227

中国版本图书馆 CIP 数据核字（2021）第 212097 号

责任编辑：牟国煜　薛未未
封面设计：杨飞羊

出版发行：**中国文史出版社**
社　　　址：北京市海淀区西八里庄路 69 号院　邮编：100142
电　　　话：010－81136606　81136602　81136603（发行部）
传　　　真：010－81136655
印　　　装：北京新华印刷有限公司
经　　　销：全国新华书店
开　　　本：720×1020　1/16
印　　　张：14　　　　字数：140 千字
版　　　次：2022 年 1 月第 1 版
印　　　次：2022 年 1 月第 1 次印刷
定　　　价：68.00 元